谨以此书

献给与我一路同行以及继续前行的人们

游疆记

李桂林 作品

序

　　捧读作者送来的诗稿，我仿佛又走入了那如诗如画的边疆大地，回到了那如火如荼的援疆岁月。

　　2008 年秋天，我作为第六批全国援疆干部总领队同一千多名援疆干部人才踏上了援疆之路，在新疆度过了一千多个日日夜夜。在那特殊的历史时期，经历了血与火的考验，感受了情与义的深重。新疆是我一生的记忆，永远是我魂牵梦绕的地方。虽然和桂林以前未曾谋面，但同样作为援友，一见如故。他诚邀我为他的诗稿作序，所作诗稿之厚实，所求言辞之恳切，实在让我难以推托。实际上，我也喜欢诗词。中国是一个诗的国度，诗词既是中华民族的文化瑰宝，也是培育民族精神的沃土。为此，我那时在新疆还发起了一个诗友会，有的诗还谱了曲，成为"援疆好声音"至今传唱着，后来还设立北京雏菊花公益基金会长期支持这方面的工作。那些文质兼美的诗词歌赋不仅讴歌了新疆，丰富了援疆生活，还为援疆注入了更多深刻的内涵。从这个意义上说，我和桂林既是援友，也是诗友，都以自己的赤诚之心把诗情画意写在了边疆大地，自然更为亲切。

作者援疆三载余，任职的阿合奇县位于南疆，我曾经去过两次，交通非常闭塞，条件尤为艰苦。工作之余，他写了那么多的诗词，实属不易。我想这本诗稿是为援疆而写，也是为新疆而写，更是为作者自己而写。这是作者发自内心的吟唱，是一本大美新疆的赞歌，也是大爱无疆的颂歌。

读这本诗稿，我感受的是山雄水阔的风景。不到新疆，不知道新疆美，不知道新疆大，不知道祖国边疆的壮美辽阔。作者把足之所至，目之所及，心之所想，以诗词的形式，跃然纸上，图文并茂，让我们真切地看到了壮美的边疆。作者笔下的山水雄壮豪迈，正如"高山飞石逐浪花，大漠穷流起岸沙"，把大山大水置于大漠无边这一广袤的视域下。作者笔下的山水也是冷峻刚毅的，正如"高山流水雪中凝，已是悬崖百丈冰"，写出了大西北与江南风景的迥异，山不是"山上青松山下花"，水也不是"小桥流水人家"。作者从江南到大西北，视野格局也变得更为宏阔，看茫茫戈壁也是多姿多彩的，正如"黄土蓝天下，驼峰沐绿风。白云萦雪岭，碧水浪沙红"。

读这本诗稿，我感叹的是山生水孕的人文。一方山水养一方人文，辽阔的草原滋养了骁勇的马背文化，壮阔的雪峰冰川托起了神奇的猎鹰文化，远阔幽深的驼铃古道留下了绵长的丝路文化。诗稿中写有大量关于马、猎鹰以及古道遗存的作品，让我们看到"踏马擎苍"的磅礴伟岸，感叹"丝路沧桑"的弥厚纵深。刺绣往往是地域风土人情的集中表现，像柯尔克孜民族毡帽，白色代表雪山，黑色代表河流，所绣即所见。作者写柯尔克孜刺绣惟妙惟肖，羽穗榴花、飞禽走兽、山川河流、日月星辰确是柯尔克孜刺绣表现的内容。

读这本诗稿，我感怀的是山高水长的乡思。背井离乡，征途万里，乡思是难免的事，作者发出了"万里同天月，何曾是两乡"的感慨，或把乡思寄明月，写"隔空思念远，对月叹想遥"，写"边秋孤月冷，何似故乡明"；或把乡思寄流水，写"大河暮影斜阳里，不解乡思寄水流"，写"遥天漫漫难得见，托水飞石寄梦人"；或把乡思寄风雪，写"且借天山风，但作江南雨"，写"塞关风雪里，飞絮忆长安"；或把乡思寄鸿雁，写"征蓬万里遍秋黄，大漠无穷疾雁行"；或把乡思寄落叶，写"冰心自有苍天眷，叶雨缤纷为洗尘"；或把乡思寄友人，写"风尘不解乡愁路，目送天边未尽头"，反映了作者浓浓的思乡情、桑梓情，我感同身受。

读这本诗稿，我感动的是气壮山河的情怀。作者为了使命与重托，选择万里奔赴，本身就有一股勇气。当投入火热的边疆生活中，走边关要塞，看国境界碑，到山间地头，体乡风民情，作者的思想境界得到了又一次升华。"久历冰霜相望冷，石心如火是为忠"书写的是忠诚，"不借千军万籁静，大国自信九州同"表现的是自信，"家国情义镌心否，尽在寸方碑字中"追问的是信念，"并蒂雪莲天命断，但求世界有大同"表达的是希冀，"已视他乡为故里，披星戴月伴羊眠"体现的是融入。作者的诗作又多了几分"霜花随剑影，策马驭长风"的豪迈，"山河多壮美，自在定乾坤"的气定神闲以及"不畏天山远，遥期天下安"的家国情怀。作者笔下的乡思也情真意切，笔力豪放，境界开朗，一点儿也不儿女情长，有着"东来万里香"的豪情、"仙宿会长天"的豪气，有着"边关已故乡"的坚守、"一念是长安"的坚定。无论是诗还是歌，总能给人一种蓬勃向上的力量，让我甚为感动。这本诗稿最宝贵的地方，是让我们看山看水的同时，也见人见心。

读这本诗稿，我感谢的是江山多娇的时代。"文章合为时而著，歌诗合为事而作。"白居易说出了千古诗文为时为事而作的道理。"十亿神州锦绣，千秋大业长安""江海奔流今又是，换了人间"。从我那时援疆到现在，新疆由乱到治、由治向兴，首先要感谢这个伟大的时代，感谢新时代党的治疆方略。感谢党团结带领人民进行的新的伟大斗争。没有这些，干不了事业，作者也难以写出这些昂扬的作品。居安思危，"兴亡多少事，今古两重天"让我们慎近忧远，"飞鹰缰在手，骏马不离鞍"让我们警惕常在，作者的诗也发人深省、让人警醒。生逢这个伟大的时代，我也期待作者有更多更好的作品涌现。

  大漠戈壁，沙风漫卷，征途跋涉，理想可期。面对比较恶劣的自然环境，作者满眼是风景，身在远方，心中有诗和阳光，面向未来，还有更美的画卷。是的，保持一种心态，人生何处不风景？

  苏轼云："余以为诗非待文而传者也。"桂林之诗无需借我之序而流传，我为之作序，实为读其诗之心得真实表达也。

2023 年 5 月 8 日

从无锡一路向西，行程万里就是阿合奇。

遇见阿合奇，看到了新疆美、国之大，同时也遇见了诗和远方。

遇见阿合奇，我奔赴了一场"雄关"之约，感受了家国情怀。阿合奇县位于祖国西部边陲、天山南脉腹地，是帕米尔雪域高原上一颗闪亮明珠，边境线长三百多公里，有四十多个通外山口。在清代这里就设置了官兵戍守瞭望兼管税收等事的处所卡伦，也就是今天的巴勒根迪古炮台遗址。别迭里山口历史最为悠久，特别是九十九道拐达坂，虎踞龙盘，九曲十八弯，地势极为险要。传说当时，诗仙李白便是从别迭里山口走向中原，唐玄奘也是经别迭里山口前往印度取经，还有张骞、班超等都骑马牵驼途经此地。山口尚存的烽燧遗址，似乎还可以看到往日的烽烟。如今漫长的边境线上，柯尔克孜族人民以忠诚为国戍边的实际行动演绎着"一个牧民就是一个哨兵，一个毡房就是一个哨所"和"骨头比石头硬、勇气比氧气多、士气比海拔高、意志比钢铁强"的现代神话。"雄关漫道真如铁，而今迈步从头越。"当你行走边关，看大漠孤烟，踏黄沙冷月，听号角连营，必然心生"黄沙百战穿金甲，不破楼兰终不还"的豪迈，心生"何以酬天子，马革报疆场"的家国情怀。

遇见阿合奇，我奔赴了一场"丝路"之约，体验了人文风情。阿合奇是古丝绸之路上的重要通道，文化底蕴浓厚，被誉为"中国玛纳斯之乡、库姆孜之乡、猎鹰之乡、刺绣之乡"。玛纳斯是柯尔克孜民族崇拜的英雄，《玛纳斯》史诗讲述了英雄玛纳斯及其七代子孙前仆后继同邪恶势力斗争的故事，是中国少数民族的三大英雄史诗之一。《玛纳斯》说唱者常有一把心爱的库姆孜琴，柯尔克孜民间流传着这样的谚语："伴着你生与死，是一把库姆孜。"库姆孜作为民族乐器，像一只"奇妙之口"，精准反映着人们的喜怒哀乐。《玛纳斯》说唱和库姆孜弹唱，共同传唱着柯尔克孜民族的悠久历史，传承着瑰丽多彩、绵延不绝的中华文化。让人叹为观止的是这里的猎鹰文化，左牵缰，右擎苍，柯尔克孜作为马背民族，传承着从祖先那里传下来的驯鹰技艺，世代演绎着人鹰共生的传奇。猎鹰是民族的图腾，驯鹰养隼是身份的象征，猎鹰迅猛、强悍、勇武的特性，也是柯尔克孜民族人们崇尚的个性品格，踏马擎苍时，人鹰共舞中，古老的民族习俗绽放异彩，野性的美、英雄的情结得以升华。柯尔克孜刺绣历史由来已久，且和中原文化密切相关，从刺绣图案可以看出，在漫长的岁月中，高高的帕米尔从未失去和祖国内地的联系。如今，一双素手、一把银针穿起的是中华民族团结一家亲的红线，绣出的是中华文化的大美如锦，绣出的是祖国大地的江山如画，绣出的是人民生活的甜美如蜜。历史的岁月现已渐行渐远，风尘万里，昔日的丝路古道已湮灭于风烟黄沙，但丝路的驼铃仍然在历史的长河中回响，并汇入了时代的交响。

遇见阿合奇，我奔赴了一场"冰川"之约，领略了景物美好。阿合奇县域呈"两山夹一谷"状，托什干河在深山幽谷中自西向东、从高向低流贯全县，加之地域气候长冬无夏，河水冰雪交融、飞沙走石，呈现壮美的冰川景象。河两岸是芨芨滩、卵石滩、戈壁滩及巍峨雪山，集天地之美、山川之美、高原雪域之美、戈壁荒漠之美于一体。"大漠孤烟直，长河落日圆"的壮美疆域，"北风卷地白草折，胡天八月即飞雪"的塞外奇观，"五月天山雪，无花只有寒"和"九月天山风似刀，城南猎马缩寒毛"的雄浑气象，尽收眼底。托什干河水像银色的飘带，从高山落下，带给阿合奇以壮美的风景，也像雪白的乳汁，滋养了两岸，带给阿合奇以丰富的物产。阿合奇产的沙棘、胡蒜药用保健价值高，这里是地道的沙棘原产地和药用大蒜绝佳的种子资源繁育基地，"攀登羊""冰川牦牛"远近闻名，阿合奇也因此被誉为"沙棘之乡、胡蒜之乡、牛羊之乡"。

遇见阿合奇，遇见了雄关要塞，也遇见了炽热的家国情怀；遇见阿合奇，遇见了丝路沧桑，也遇见了多彩的人文风情；遇见阿合奇，遇见了冰川奇谷，也遇见了满眼的景物美好；遇见阿合奇，遇见了他乡明月，也遇见了浓浓的乡思乡愁。

阿合奇和无锡亦远亦近：远的是太湖到天山的距离，近的是民族一家亲的情谊；远的是塞外和江南的思念，近的是他乡为故乡的乡愁。阿合奇是我从无锡一路向西的精神归宿，更是我为知遇更广阔世界重整行装再出发的起点，是我一生铭记、永远魂牵梦绕的地方。

珍惜遇见，便以诗赋之，把一山一水、一草一木、一字一念永远珍藏；感动遇见，便以歌颂之，向阿合奇、向克孜勒苏、向新疆这片神奇的土地，向生我养我的父母，向三年多来一起风雨同行的战友，向永远接续奋斗在这片土地上的人们致以崇高的敬意。

家国，人文，景物，乡思，歌颂，汇聚成边疆的诗画。

最壮烈的诗篇莫过《满江红》。

最壮美的风景也不过"满疆红"。不是那漫山的"深秋红"，而是那满心的"石榴红"，最激动人心的是，各族人民像石榴籽一样紧紧抱在一起；不是那赤色丹霞，而是那赤诚丹心，最感动人心的是，新疆虽然离首都北京较远，但各族人民的心永远与以习近平同志为核心的党中央紧紧连在一起、贴在一起。

感谢遇见，感谢援疆，感谢大美新疆。万山作证，无论走得多远，都不能忘记来时的路，也不要忘记为什么出发。风雨兼程的路上，谨以此书献给与我一路同行以及继续前行的人们。

作者

2023 年 4 月 15 日

阿合奇

无锡

无锡，简称"锡"，古称梁溪、金匮，被誉为"太湖明珠"。无锡市位于长江三角洲平原腹地，江苏南部，太湖流域的交通中枢，京杭大运河从中穿过。无锡北倚长江，南濒太湖，东接苏州，西连常州，构成苏锡常都市圈。

无锡自古就是鱼米之乡，素有布码头、钱码头、窑码头、丝都、米市之称，是中国国家历史文化名城、吴文化的发祥地，以及中国民族工商业和乡镇企业的摇篮。

无锡有鼋头渚、灵山大佛、中视影视基地（三国城、水浒城、唐城）、梅园、蠡园、惠山古镇、荡口古镇、梅里古镇、东林书院、崇安寺、南禅寺、拈花湾、鸿山奇境等景点，是中国优秀旅游城市。"太湖佳绝处，毕竟在鼋头"是诗人郭沫若用来形容无锡太湖风景的。

اقچئي

阿合奇县，隶属新疆维吾尔自治区克孜勒苏柯尔克孜自治州，是位于新疆西部天山南脉腹地的一个边境县。地处高寒山区，北部及西部与吉尔吉斯斯坦交界，东部与阿克苏地区乌什县交界，东南与柯坪县相接，南、西南分别与喀什地区巴楚县、克州阿图什市毗邻，县境面积1.68万平方公里，为无锡市对口支援县。

阿合奇县现辖五乡一镇二场，全县总人口4.3万余人，是我国柯尔克孜族的主要聚居地之一。阿合奇是我国著名的三大史诗之一《玛纳斯》的故乡，历史上柯尔克孜族就有驯鹰、库姆孜弹唱、手工刺绣等传统习俗，其中驯鹰现在仍完整保留着原始的驯养方式，阿合奇也因此被誉为"中国玛纳斯之乡、中国库姆孜之乡、中国猎鹰之乡、中国刺绣之乡"。

目录

CONTENTS

看　听

家国

青山处处埋忠骨
何须马革裹尸还

中国

15
1

2001

【 I 】

家国

（三）

身似可汗道劲弓，

横平竖起笔犹红。

家国情义镌心否，

尽在寸方碑字中。

（四）

山石作障分西东，

身处异国不易宗。

并蒂雪莲天命断，

但求世界有大同。

家国

人文

景物

乡思

歌颂

七绝·巡关札记（五首）

（一）

风尘仆仆绕山奔，

踏马巡关近外藩。

绵绣中华多好看，

以碑为界浩云吞。

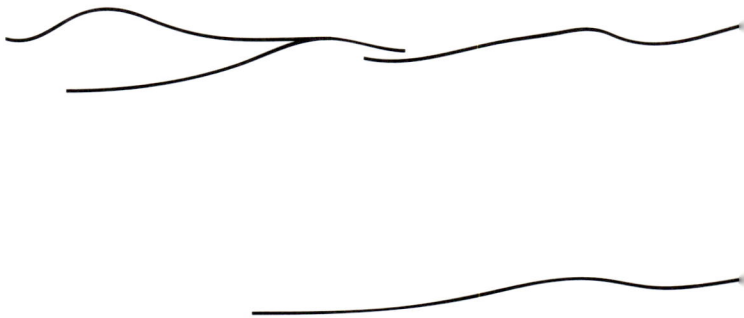

（二）

铁马冰河入塞关，

峰回路转有时还。

天涯望断无行处，

却览风光在此间。

家国

人文

景物

乡思

歌颂

（三）

古台今已宿寒鸦，

塞外何曾奏鼓笳。

忽有连营鸣号角，

边戎为伍沐霜花。

（四）

高山流水雪中凝，

已是悬崖百丈冰。

狡兔胆寒连片白，

呼天抢地对苍鹰。

（五）

飞身纵马向残霞，

风卷云关万里沙。

雪照银鞍无夜昼，

戍如星火月如牙。

五绝·别迭里边关颂（六首）

（一）达坂

崖坡百道弯，

夏见雪封山。

峭石云中立，

西天万丈关。

家国

人文 | 景物 | 乡思 | 歌颂

（二）巡边

天山隘路长，

无处不沧桑。

何惧前峰险，

登攀向远方。

（三）戍边

边疆雪月寒，

虎踞卧龙蟠。

不畏高山远，

遥期天下安。

家国

人文

景物

乡思

歌颂

（四）边兵

边月照山空，

英雄扯满弓。

霜花随剑影，

策马驭长风。

（五）界碑

一石国门尊，

天兵百万屯。

山河多壮美，

自在定乾坤。

家国

人文

景物

乡思

歌颂

（六）烽燧

烽燧忆狼烟，

刀光剑影前。

兴亡多少事，

今古两重天。

别迭里关口位于中国与吉尔吉斯斯坦之间天山南脉东段山口，在新疆阿合奇与乌什县北端交界处，是古丝绸之路的通道之一。据考证，当年玄奘一行正是由别迭里山口翻越前往西天取经的。山口南北走向，两侧山峰耸立，地势险峻，山体表层多风化石，属天山高寒气候，特别是九十九道拐达坂，九曲十八弯，其间天气极端多变，多飞沙走石，骤风重雪，夏季亦常见六月飞雪，偶有雨雪、冰雹、洪水、山体塌方封山封路，很难通行，山口也由此得名，别迭里在民族语义里的意思是"通过达坂要付出代价的"。

五绝·护边员礼赞（三首）

（一）

敢向大山高，

雄关柱石牢。

云中飞战马，

羊角挂弯刀。

家国

人文

景物

乡思

歌颂

（二）

脚步万山巅，

腰拴牧马鞭。

羊群闻犬吠，

远处望烽烟。

（三）

边塞石如磐，

风高雪月寒。

飞鹰缰在手，

骏马不离鞍。

　　阿合奇县地处祖国西北边陲要塞。柯尔克孜族，素为山顶民族、马背民族，也有驯鹰的习俗，为国戍边更是一代又一代淳朴善良的柯尔克孜牧民的光荣传统。柯尔克孜族护边员，挥起牧鞭唤牛羊，骑上骏马赶豺狼，与边防官兵一起守边护边，捍卫祖国边疆的神圣热土，用忠诚和英雄的实际行动诠释了"每一个牧民就是一个哨兵，每一个毡房就是一个哨所，每一个山头就是一个堡垒"的戍边精神，彰显了"骨头比石头硬、勇气比氧气多、斗志比海拔高、素质比钢铁强"的英雄气概，显示了"山有情水有情冰有情雪有情，边疆儿女对祖国最有情"的赤胆忠诚。

家国

人文 | 景物 | 乡思 | 歌颂

清平乐·塞外新载（三首）

（一）

又启一季。时景当如是。

且待冰河桃花水。未见风和日丽。

偶有飞雪徘徊。却已岁月轮回。

忽问光阴流逝，青春何处能追？

（二）

黄天土厚。沙场西风骤。

马上扬鞭缰在手。欲饮葡萄美酒？

纵览万里河山。敢入虎踞龙蟠。

十亿神州锦绣，千秋大业长安。

家国

人文 | 景物 | 乡思 | 歌颂

（三）

有怀投笔。倚石当关立。

大漠夜明如玉璧。更照胄寒心赤。

犹记年少轻狂。两鬓已染星霜。

怎奈月肥影瘦，却也无限风光。

朝中措·塞外行（二首）

（一）

江湖一别又寒冬，塞外翌年终。

几度花开花谢，几多飞雪从容。

匆匆岁月，依依逝水，猎猎长风。

何必西施范蠡，苍天大漠弯弓。

家国

人文

景物

乡思

歌颂

（二）

西边大漠比天遥，策马四方萧。

日走龙蟠虎踞，夜行月黑风高。

银鞍雪照，万山足下，千里飞雕。

壮气何须年少，一时却也雄豪。

鹧鸪天·颂党组诗（新韵四首）

（一）开天辟地

伟大开端石库生，南湖舟上续航程。

赤水浩荡无平地，青山磅礴有主峰。

掀起义，率长征，救民御侮大旗撑。

中原逐鹿全局定，饮马长江天下成。

家国

人文

景物

乡思

歌颂

（二）改天换地

华夏东方旭日升，天安门上巨人吭。

疮痍百孔需平复，功业千秋待远征。

须改造，已出兵，援朝抗美保家宁。

千辛万苦与天斗，两弹一星举世惊。

（三）翻天覆地

春送改革开放风，热情奋斗敢攀登。

一心致富无三意，百业谋兴起五更。

争议止，务实行，黑白猫论不须评。

翻天覆地仍韬晦，经世济民最著名。

家国

人文

景物

乡思

歌颂

（四）惊天动地

时代变革唱大风，举旗定向路尤明。

初心不忘为民众，使命担肩致复兴。

先打虎，后拍蝇，惊天动地弊消停。

人安国定逾强盛，海晏河清自跃腾。

浪淘沙令·青春组歌（新韵三首）

（一）

长夜暗无天，风雨如磐。

中流砥柱予谁肩。

振臂青春呼觉醒，烈火烽烟。

骇浪巨人牵，力挽狂澜。

东方红日照河山。

江海奔流今又是，换了人间。

人文　景物　乡思　歌颂

（二）

年少好时光，信马由缰。

青春孰有不荒唐。

牛犊初生不怕虎，岂是轻狂。

凿枘见圆方，敢露锋芒。

风云年代挺脊梁。

即使匹夫担大任，天下兴亡。

（三）

五四百年尊，不变精神。

沧桑岁月任浮尘。

风雨兼程求索路，不老青春。

边业莽昆仑，朗朗乾坤。

风华正茂建功勋。

奋斗未来年愈少，追梦如今。

家国

人文

景物

乡思

歌颂

民族团结一家亲组诗（新韵四首）

（一）七绝·春来

山头白雪垄田青，

几度青白塞上菁。

只恨春来花不在，

心存丘壑冀风平。

（二）七绝·春风

遥看山腰点点白，

又疑云朵似雪来。

春风十里咩声起，

毡下扬鞭见牧孩。

家国

人文

景物

乡思

歌颂

（三）七律·春暖

飞沙漫道漠无边，越是高山越向前。

侠气三分多仗义，坚强百倍入云端。

烟尘滚滚春风暖，杨柳依依泪眼含。

已视他乡为故里，披星戴月伴羊眠。

（四）七律·春望

春回大漠望南天，鸿雁成行抚泪弦。

苾草迎风呼傲骨，天山逐日盼新颜。

茹霜饮雪图春计，受命持节誓梦圆。

万缕乡思明月寄，尤期塞外赛江南。

　　援疆干部放弃了节假日休息，下乡村、进牧区、访农户、问民生，风尘仆仆辗转几百里开展"民族团结一家亲"活动。虽然山高路险、沙尘如暴，但他们眼中无处不风景，越是艰险越向前。

家国

人文

景物

乡思

歌颂

七绝·桃莲有情（二首）

（一）

人面桃花四月天，

太湖红晕泛清涟。

天山若识东风面，

莲玉哪堪雪中眠？

（二）

莲玉冰心对雪真，

江南姹紫已回春。

春风既识桃花面，

何向深山觅挚亲？

西江月·清明祭（新韵）

河谷凄风呜咽，山冈冰瀑啼哭。

春风杨柳叶还枯，却是清明几度。

英烈芳华犹在，青松叠翠长苏。

巍巍葱岭草萧疏，岂忘铮铮忠骨？

清平乐·清明忆

曾经浴血，处处埋忠骨。

岁已长安思先烈，最是清明时节。

冢上热土青烟，英雄含笑九泉。

不恨孤坟万里，塞外日月同天。

五绝·悼国士袁隆平、吴孟超（二首）

（一）

巨宿人寰陨，

天悲地恸殇。

山河倾泪雨，

天下稻花香。

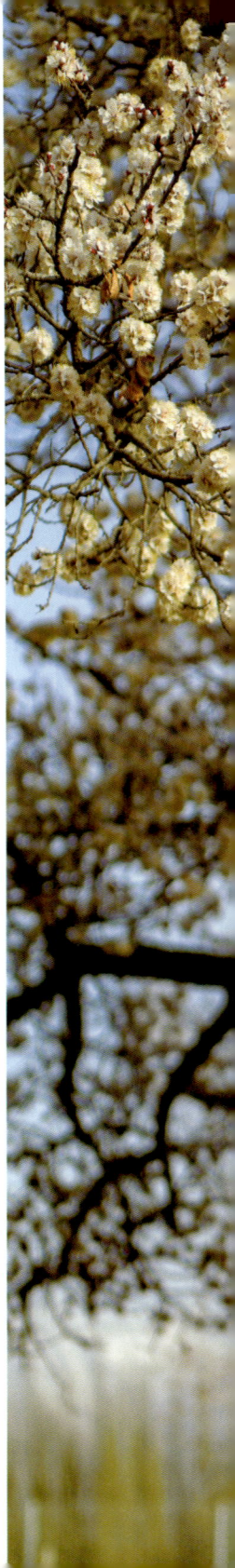

（二）

医者仁心苦，

余生刀下存。

人间除孽痛，

肝胆两昆仑。

五绝·赞吴登云、布茹玛汗·毛勒朵（二首）

（一）

吴钩系白衣，

葱岭杏林菲。

生有登云志，

昆仑比峻巍。

（二）

曾也木兰花，

天山化晚霞。

戍边中国石，

疆塞绽奇葩。

家国

人文

景物

乡思

歌颂

五绝·念长安（二首）

（一）

漠月照霜寒，

更巡顾影单。

边庭多少事，

出塞为长安。

（二）

塞外千山白，

今朝数九寒。

如何风雪里，

一念是长安。

五律·临河观景寒

好景知时节，春来应发生。

河滩无细浪，鸦雀有凄声。

萋木红颜失，高山白雪莹。

黑天云蔽日，未雨催人行。

家国

人文

景物

乡思

歌颂

水调歌头·赞同心中学支教团

行万里崎径，一刹那春秋。

幸支边一三载，桃李满园收。

往往潇潇风雨，念念嗷嗷待哺，疲倦也优游。

冷月伴清影，星烛化烦愁。

守师道，专授业，记心头。

问山泛海，西塞垂范立中流。

先得人生三昧，再看青衿折桂，不悔亦无求。

只见春芳馥，欢泪早盈眸。

七绝·赞团结小学二胡班

吴韵悠声塞外吟，

高山流水遇知音。

铿锵也作疏疏雨，

淅沥常随瑟瑟琴。

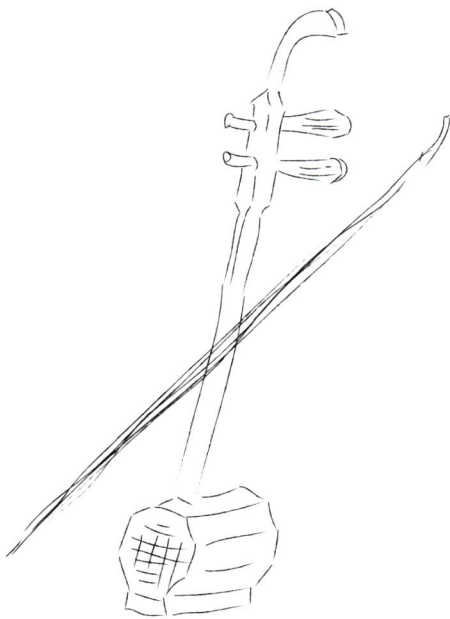

阿合奇县团结小学二胡班由无锡军分区和新吴区梅村街道共同援建。

家
国

人文

景物

乡思

歌颂

七律·返疆

烟花三月江南暖，却走边疆入塞关。

不恋东风春色好，但求榴籽赤心圆。

风尘仆仆征途莽，杨柳依依别意潸。

大漠长空升浩气，天山眷眷不轻还。

七绝·羁旅感怀（二首）

（一）

他乡羁旅日蹒跚，

儿女情长夜梦酸。

但见天山千里雪，

风轻云淡岁还寒。

（二）

独卧边关十日天，

江南万里已云烟。

楼兰未取催人急，

无问西东越向前。

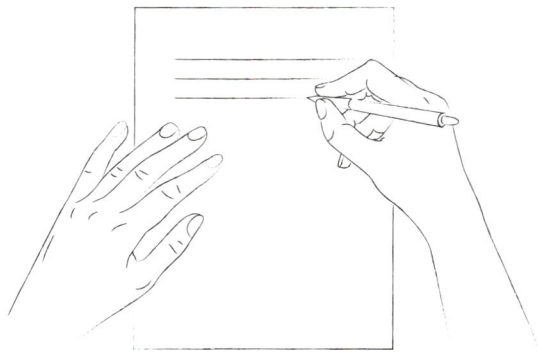

无锡市援疆干部进疆返疆后在驻地隔离观察后复工上岗。

七绝·赞援疆医疗队组诗（五首）

（一）

天山有杏沐东风，

医者悬壶济世穷。

妙手回春云雾散，

仁心义胆与谁同。

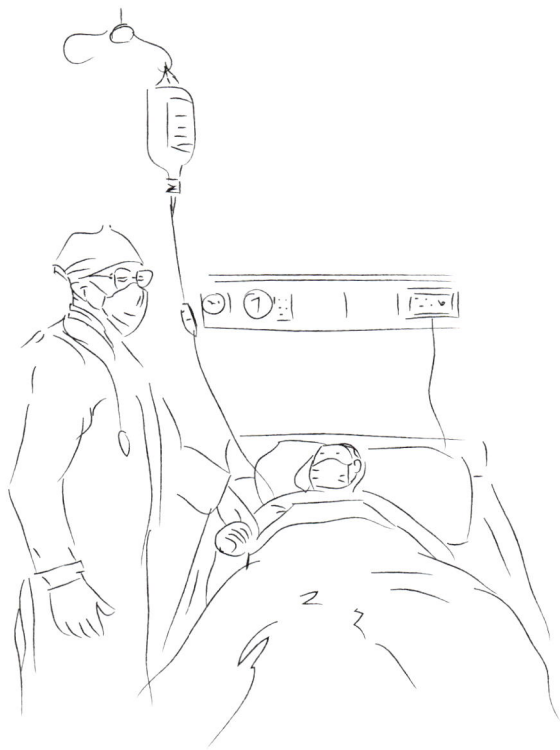

（二）

燕帽素衣天使贞，

面屏不挡美人睛。

木兰披挂难相认，

但有英雄身后名。

（三）

天山虽远比金邻，

异域同根一家亲。

不恋太湖风浪静，

吴钩戴月逆行人。

家国

人文

景物

乡思

歌颂

（四）

恍若华佗执旧戈，

神农往矣有新歌。

一方草药银针刺，

调转阴阳天地和。

（五）

囊中方剂贵千金，

草木精华润古今。

辨证阴阳除戾气，

一枝独秀杏花林。

家国

人文

景物

乡思

歌颂

七绝·送别（二首）

（一）送别援疆支教教师

昆仑尚论育书郎，

日月轮回返故乡。

留住风声文阔远，

天涯别泪诉衷肠。

（二）送别援疆医生

悬壶济世用良方，

柳叶回春献锦囊。

负雪白衣舒广袖，

吴钩带月好还乡。

踏上帕米尔高原、走进葱岭深处的无锡援疆医生和支教教师中期轮换、告别返乡。

家国

人文

景物

乡思

歌颂

蝶恋花·塞外戎归

入塞东风才柳碧，枝上芬芳，转眼无踪迹。

满地残红谁自惜，杏花泪雨朝和夕。

人与时光皆过客，三载戎关，风雪终归寂。

四月江南烟火色，巍巍葱岭成追忆。

人文

方调琴上曲
变入胡笳声

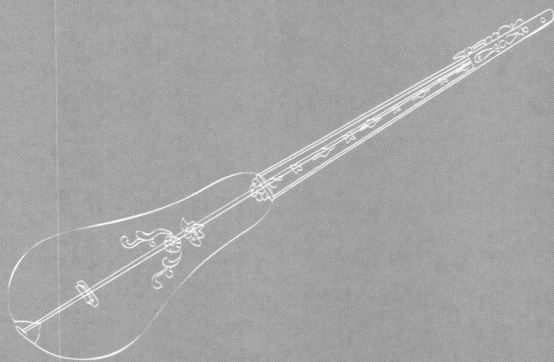

【Ⅱ】

人文

家国

人文

景物

乡思

歌颂

卜算子·塞春赏感（三首）

（一）

毡外凝翠烟，满树芳尘隐。

杨柳漫山花如云，恰是春天韵。

抬头花枝头，低首花枝殒。

赏景还须趁花好，莫待空余恨。

（二）

一到杏花村，又见花如雨。

花下无人花无主，寂寞开无语。

远天似雪飘，近地如残羽。

落已成泥散作尘，只有香如故。

家国

人文

景物

乡思

歌颂

（三）

才始塞春来，君却随春去。

欲问君行去哪边？远望江南路。

且借天山风，但作长江雨。

愿至江南赶上春，莫把春来负。

家国

人文

景物

乡思

歌颂

满江红·塞外元宵

塞外今朝，元夕节，春寒料峭。

抬望眼，万人空巷，鼓锣喧闹。

彩翼银蹄鹰驾马，纵歌翩舞舟攘道。

远山雪，何日待消融，花枝俏。

炊烟袅，明月皓。

灯火旺，星光耀。

悦胡弦唱晚，岁丰人姣。

游宦区区成底事，边情切切初心晓。

家国圆，天下共良宵，都欢笑。

家国

人文

景物

乡思

歌颂

满江红·赛马

万马奔腾，狼烟滚，飙风蹄疾。

鞭落处，烈摧丘岳，震天雷劈。

瑟瑟萧寒枭鸟尽，铮铮铁骨鲲鹏出。

飒戎姿，壮志猎边狐，坚如石。

苍天雪，彰本色。

孤漠寂，冰心赤。

踏黄沙冷月，但怀家国。

热血满腔倾故土，疆场驰骋飞鬃激。

山河固，侠胆沥忠魂，英雄魄。

满江红·猎鹰

利喙如锥，萧萧箭，引弓待射。

犀目锐，炯光如炬，破山穿石。

鹏举尘烟苍野地，羽披雪月严霜色。

展雄翼，狡兔缩窝边，寒毛瑟。

当空啸，犹霹雳。

腾地起，风云叱。

叹刚强劲健，只争朝夕。

一定乾坤九万里，承平气象千般及。

报家国，寸土寸光阴，不容失。

五绝·驯鹰（六首）

（一）

擎苍驭马飞，

兔狡猎人威。

踏雪乘风去，

缠貂月夜归。

（二）

大漠起孤烟，

胡鹰日下旋。

影随山上雪，

獭鼠缩窝边。

（三）

星眸瞰大川，

耸翅赴苍天。

雪野收金爪，

花毡猎物鲜。

（四）

身披雪月光，

脚下历风霜。

地扑青云翼，

天边顾四方。

家国

人文

景物

乡思

歌颂

（五）

山河万里冰，

直上九天鹰。

但有凌云翼，

无高不可登。

（六）

天寒候鸟惊，

地白啸苍鹰。

饮雪生雄气，

披霞化大鹏。

家国 人文 景物 乡思 歌颂

七绝·塞外端午怀想（五首）

（一）

青芦香黍彩丝缠，

屈子英名上古传。

一曲离骚端午日，

万方追祭有于阗。

（二）

榴花羽穗映毡红，

玉指金丝缚粽丰。

艾草雄黄何处有，

但祈蒲酒御瘟虫。

（三）

万山漠漠对苍穹，

异域同悲泣鬼雄。

唯见清流人已矣，

终归天地辨奸忠。

（四）

泪罗难渡更蒙冤，

但与英名世上尊。

莫待国忧良将死，

江山有信记忠魂。

（五）

春秋大义溺江伸，

如入兰汤不染尘。

正气浩然无所惧，

流芳百世沐今人。

家国

人文

景物

乡思

歌颂

五绝·芒种（三首）

（一）

长河大漠间，

两岸渐斑斓。

浇种一方绿，

东流不复还。

（二）

流汗湿纱巾，

苍天悯庶民。

丰收怀抱里，

欣慰种田人。

家国

人文

景物

乡思

歌颂

（三）

麦浪应田丰，

秧歌日月隆。

夜闲葱岭上，

煮酒对苍穹。

南乡子·冬夜（三首）

（一）

塞月照霜天。戈壁苍茫夜色寒。心有远方随处景，流连。

不恋红尘更向前。

奔赴为戎关。困卧穹庐枕雪眠。万山磅礴多少路，登攀。

却望长安冀梦圆。

家国

人文

景物

乡思

歌颂

（二）

大漠五更霜。沙雪如磬瑟打窗。遥望塞关多少事，茫茫。

寒峭山重夜更长。

时过自然荒。似朽胡杨伴柳黄。岁月不居如逝水，遑遑。

万里风尘两鬓苍。

（三）

节令不欺孩。真是寒潮半夜来。毡幕塞风穿隙过，门开。

高大青山白雪皑。

煮酒觅干柴。扫尽丘林踏破鞋。把盏几壶随你意，舒怀。

细火微醺蹭热腮。

家国

人文

景物

乡思

歌颂

七绝·赞阿合奇

金山银谷塞风吹，

化雨成河两岸滋。

牛马羊如云雾雪，

牧鞭飞舞写传奇。

七绝·赞柯尔克孜

山顶英雄著史诗，

马背悠弹库姆孜。

牧羊也仰猎鹰志，

世代长传玛纳斯。

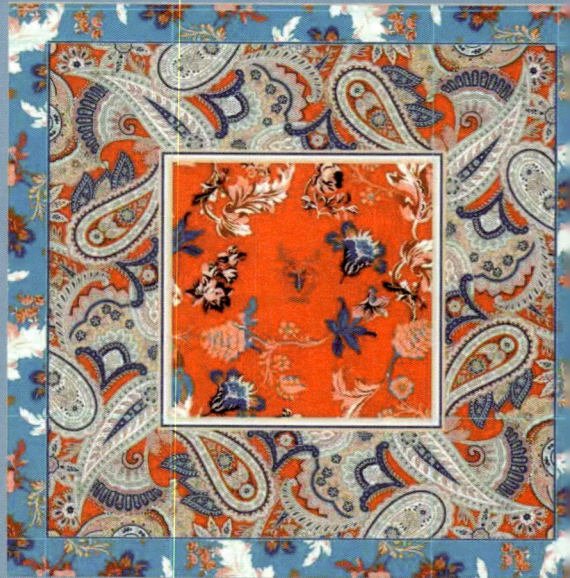

七绝·柯尔克孜刺绣

羽穗榴花指帽天，

飞禽走兽戏衣翩。

星辰日月银针系，

头顶高山与大川。

家国

人文

景物

乡思

歌颂

七绝 · 悯攀登羊

高山峻谷鸟声微，

天旱地枯牧草稀。

辘辘羊肠攀峭壁，

食难果腹雪充饥。

五绝·包饺子

不畏大山高，

银钩水上遨。

疆场思牧马，

大漠月如刀。

家国

人文

景物

乡思

歌颂

五绝·马场咏马（四首）

（一）

远走万山巅，

银蹄白踏烟。

厩中无肉马，

有志上青天。

（二）

长嘶大漠程，

塞月远闻声。

但作英雄骑，

如风草上轻。

（三）

飞马入云中，

关山踏月风。

响鞭惊落雪，

鞍上逐英雄。

（四）

虎背挎长弓，

叼羊欲向笼。

为开当面阵，

策马啸苍穹。

别迭里村楹联（二副）

（一）

东风西渐

日月沧桑骏马奋蹄踏东风

山河锦绣英雄励志守西关

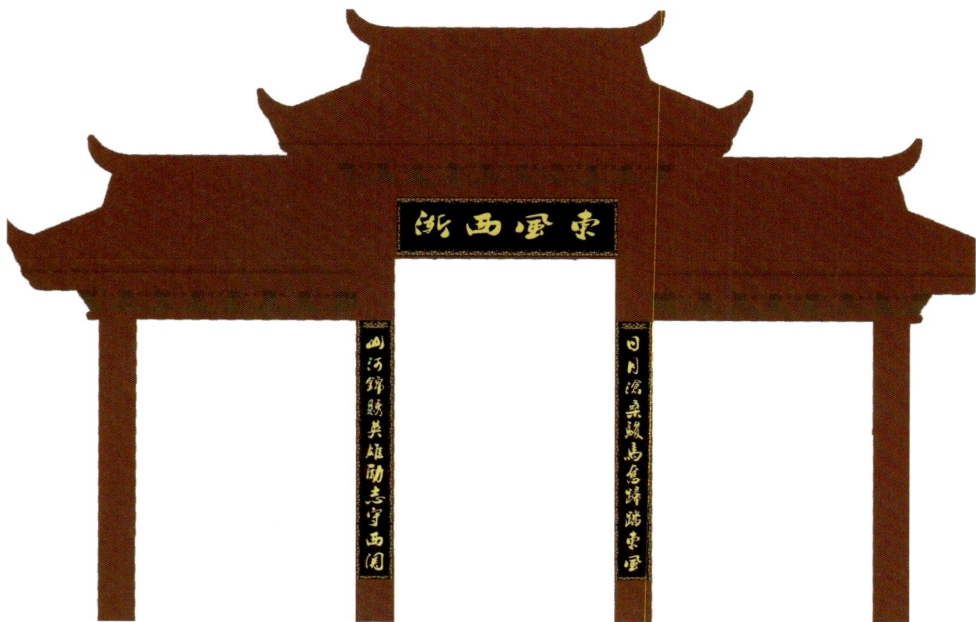

（二）

古往今来

山村一方锦绣李白不曾见

丝路千年沧桑唐僧未先知

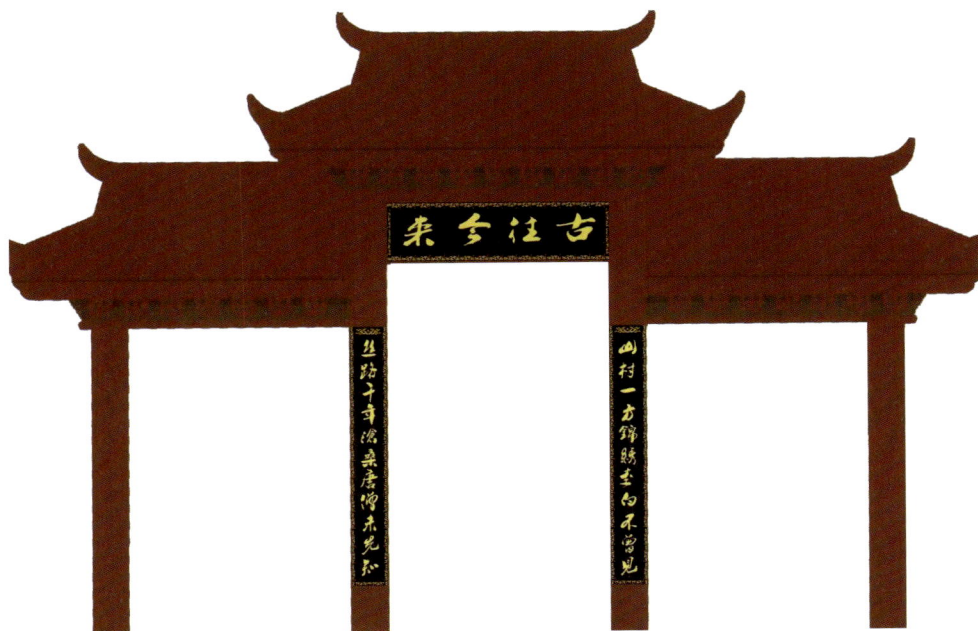

七绝·霍城人文咏叹组诗（三首）

（一）伊犁将军

将军遵旨赴戎关，

穿越黄沙万里艰。

铁马金戈屯垦地，

千秋功业固江山。

（二）林则徐

风云滚滚虎门烟，

惹怒夷蛮犯海边。

帝惧谪迁西域遣，

襟怀浩荡自怡年。

（三）解忧公主

东来紫气似云烟，

歌舞升平记往先。

汉武在天如有问，

解忧公主沁香传。

景物

大漠孤烟直
长河落日圆

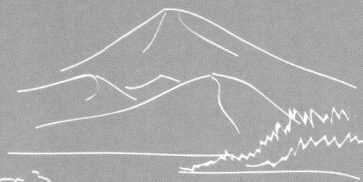

家国

人文

景物

乡思

歌颂

浪淘沙令·塞外春秋（四首）

（一）春

大漠北风缠，料峭春寒。

胡杨不老雪花残。

枯叶虬枝心未死，孤影成单。

草木露金簪，塞外江南。

天生万物渐韶颜。

雪月风花虽好季，不忘长安。

（二）夏

烈日正当空，草木葱茏。

万般绿意百花红。

遥看青山白雪岭，花笑花丛。

云也想花容，醉意浓浓。

忽挟雪雨万千重。

昼暴晚寒天使也，无夏长冬。

（三）秋

大地又金黄，几度秋忙。

皑皑白雪是棉乡。

温饱乃为国大者，天下粮仓。

一粟裹饥肠，无论沧桑。

西霞浴血奉残阳。

袅袅炊烟昭日月，地老天荒。

（四）冬

雪打牧羊宅，知是冬来。

开门不见御寒柴。

仰望孤鹰幽谷去，独上高台。

极目万山白，兀自徘徊。

羌弦忧冷念声哀。

但见问贫驼马过，远大舒怀。

家国
~人文
景物
乡思
歌颂

五绝·塞外春雪（四首）

（一）

远山堆白雪，

大壑起黄沙。

但赏同天月，

春来不见花。

（二）

一夜天山白，

春归却又寒。

塞关风雪里，

飞絮忆长安。

家国

人文

景物

乡思

歌颂

（三）

孤色难成画，

豪情易入诗。

人间多白净，

但愿久留之。

家国 人文 景物 乡思 歌颂

（四）

阳春三月白，

又见雪飘衣。

四序似无主，

苍天问是非。

家国

人文

景物

乡思

歌颂

清平乐·塞外清明（二首）

（一）

时节还早，三月芳菲少。

踏遍青山怜幽草，但见羊欢马笑。

双兔已失从容，各奔田野之中。

尽管山花百媚，为何不嫁春风？

（二）

泱泱十里，满目无苍翠。

桃李不言杨柳萎，唯见茫茫大地。

草木莫问西东，塞外晚到春风。

不念江南何处，且待郁郁葱葱。

家国

人文

景
物

乡
思

歌
颂

五绝·戈壁滩秋景（三首）

（一）河滩秋色

黄土蓝天下，

驼峰沐绿风。

白云萦雪岭，

碧水浪沙红。

家国

人文

景物

乡思

歌颂

（二）红山沟

峡谷高山脚，

鸿沟猛兽冲。

红狮喷血口，

西水直流东。

家国　人文　景物　乡思　歌颂

（三）草原秋收

峡陡峰尤瘦，

坡斜草愈丰。

秋收河岸绿，

青贮万千丛。

家国

人文

景
物

乡思

歌颂

五绝·塞外咏叹（四首）

（一）

丹霞似火烧，

白雪若云飘。

碧水蓝冰冽，

青天赤土焦。

（二）

冰川破壁遥，

高峡立长桥。

十壑三番过，

千钧一担挑。

家国

人文

景
物

乡
思

歌
颂

（三）

霜雪霁寒霄，

穹苍漫沈寥。

隔空思念远，

对月叹乡迢。

（四）

风雪送寒萧，

弯弓指大雕。

西边一万里，

马上忆天骄。

家国

人文

景物

乡思

歌颂

七绝·赛里木湖咏叹（二首）

（一）

西洋枯泪沐天山，

雪岭沉湖玉水潺。

草绿连峦无限碧，

薰衣紫韵映斑斓。

（二）

垂涎鬼魅掠红颜，

誓死不从溺水湾。

雪骨冰肌融净海，

殉情怀抱化雄山。

家国　人文　**景物**　乡思　歌颂

七绝·托什干河晚景（三首）

（一）

高山飞石逐银花，

大漠穷流起岸沙。

极目西风吹皱水，

长河落日化残霞。

（二）

河头落日照天涯，

岭上孤烟见牧家。

山滚乌云成雨雪，

草沾白露好桑麻。

家国

人文

景物

乡思

歌颂

（三）

崇山峻谷夕阳斜，

白雪红霞暮霭遮。

瑟瑟冰河寒潋滟，

悠悠琴曲入胡笳。

五绝·观虎狼山大桥偶感（三首）

（一）

天山御虎狼，

托水向东方。

九眼终枯泪，

边关已故乡。

家国

人文

景物

乡思

歌颂

（二）

激水东流尽，

长桥自在横。

关山千里月，

明日冀风平。

家国

人文

景物

乡思

歌颂

（三）

千山自在中，

万濑已流东。

异域平川路，

同天共和风。

家国

人文

景物

乡思

歌颂

七绝·石头记（新韵三首）

（一）寻石

面朝黄土背朝天，

不为刀耕纵马鞭。

茇草丛中寻鹅卵，

奇石忽落浪涛前。

（二）感石

高山落下被流逐，

岂是圆滑与世俗。

碧血丹心能忍守，

浪花淘尽忠魂出。

（三）寄石

思念不歇似沙尘，

两山一谷吒长呻。

遥天漫漫难得见，

托水飞石寄梦人。

家国

人文

景物

乡思

歌颂

七绝·阿合奇至秋（六首）

（一）

霜莹露白塞天寒，

草木悲秋不忍欢。

本是凄风无秀色，

黄花红叶艳阑珊。

（二）

风已萧萧绿草泯，

牛羊点点入毡屯。

绸缪冬雪如常至，

驼马铮铮踏漠尘。

（三）

浮云变幻啸沙频，

瑟瑟西风乱暮身。

日落黄花听夜雨，

可怜长梦已无春。

（四）

一叶知秋满目沙，

苍天孤色雁声哑。

青山不语枫林晚，

总是流年拾落花。

家国

人文

景物

乡思

歌颂

（五）

征蓬万里遍秋黄，

大漠无穷疾雁行。

西岭犹存前岁雪，

春风几度好还乡？

（六）

已近归期却未期，

秋风落叶总嫌迟。

人生自古伤离别，

且待明春最晚时。

家国

人文

景物

乡思

歌颂

七绝·塞外晨暮（四首）

（一）晨

朝起胡桐叶又黄，

卷帘惊落满头霜。

寒鸦瑟瑟枯枝折，

无奈西风独自凉。

（二）暮

望远凭栏百尺楼，

青山阻隔许多愁。

大河暮影斜阳里，

不解乡思寄水流。

家国

人文

景物

乡思

歌颂

（三）昼

狐裘不暖日光寒，

百丈冰凝万里滩。

霜色阑干聊发白，

征人催马未离鞍。

（四）夜

万里西风满地沙，

一轮寒月照天涯。

征衣不薄鹅毛雪，

暗淡人间富贵花。

家国

人文

景
物

乡
思

歌
颂

五律·边塞秋色

远眺塞关外，山乡满落霞。

秋深添暮色，露白染红花。

旧绿朝南长，新黄向北斜。

同根生两伴，一落各天涯。

五绝·踏清秋

塞外宦游人，

风秋草木薪。

羌戎同绮席，

篝火一家亲。

家国 人文 景物 乡思 歌颂

家国

人文

景物

乡思

歌颂

五绝·冬至感雪景（四首）

（一）

雪景千山画，

豪情万丈诗。

山乡今日白，

冬至好年时。

家国　人文　**景物**　乡思　歌颂

（二）

飞羽漫山冈，

银鞍白玉妆。

潇潇风雪里，

何处是他乡？

（三）

大雪如毡白，

灯寒影伴身。

他乡今夜里，

还有远行人？

家国

人文

景
物

乡
思

歌
颂

（四）

壁立大河滩，

冰封不见澜。

又来风雨雪，

且待水流湍。

阿合奇县二十四景（二十五首）

（一）念奴娇·玛纳斯史诗馆

天山南麓，尽牛羊茇草，阿合奇矣。

世代驼铃葱岭上，雪域冰川风厉。

托什干河，奔腾骏马，滚滚东流水。

猎鹰翔宇，壮如英烈气势。

库姆孜伴奚琴，丝弦联袂，塞外江南似。

玛纳斯奇欣国剧，酣唱不知何地。

羽绣花毡，与人共舞，彩凤当空起。

穹庐如阙，史诗天下声蜚。

（二）甘州遍·小木孜都克景区

风光好，芳草绿冰川。碧连天。

阳春白雪，长冬短夏，山庄避暑任凭阑。

身跨马，手擎鸢。

烹羊煮酒毡栈，世外养天年。

对穹宇，唱罢史诗篇。泪潸潸。

吟弹月下，曲曲共心弦。

家国

人文

景物

乡思

歌颂

（三）清平乐·科克乔库尔民俗村

塞外秋月。雁过声声绝。

顶顶白毡如霜雪。玛纳斯奇琴咽。

离恨乍起村居。丝路不识归途。

风骤秋黄无数，苍鹰似问留乎。

（四）浣溪沙·猎鹰之乡

疾眼雄心数大雕。登高望远捉银貂。

威仪百鸟敢为枭。

直插云空飞羽箭，横行雪海劈弯刀。

苍山深处作天骄。

家国

人文

景物

乡思

歌颂

（五）浣溪沙·游牧部落

圈置茅扉三两间。桃源一处远人烟。

炊烟几缕自逍闲。

先捧肉馕尝果美，后骑牛马逗羊欢。

牧村新韵笑声喧。

（六）浣溪沙·托什干河

日夜奔腾大漠烟。穿云破壁出冰川。

石流滚滚两山间。

上下浮摇波底月，往来飞渡水中天。

几多壮美在边关。

家国

人文

景物

乡思

歌颂

（七）浣溪沙·托什干河谷湿地

河谷蜿蜒十里乡。九重迭翠映沧浪。

高山湿地好风光。

西去斜阳终落远，东奔逝水尽流长。

犹如苏轼最华章。

（八）七绝·南山牧场

长长牧笛横牛背，

灿灿金鞭坠马头。

寂寂南山流翠意，

悠悠歌起荡闲愁。

（九）踏莎行·苏木塔什可可托海

芳草愁烟，幽花怯露。西风雁叫归何处？

托河东唱浪涛歌，雪山苍莽流云布。

岁月如梭，乡亲如故。天长且望迢迢路。

依依杨柳拨心弦，何曾引得游人住？

（十）七绝·玉山古西河大峡谷

烈烈丹霞生峭壁，

泱泱白水出高崖。

乾坤由此如来接，

莽莽天山最壮姿。

家国

人文

景物

乡思

歌颂

（十一）朝中措·别迭里山口

重重山口上云霄，边史更迢遥。

李白唐僧千古，后来多少英豪。

盘龙九曲，万千气象，路比天高。

壮气何须年少，敢同玉帝擒妖。

（十二）浣溪沙·阿合奇果园

马踏泥香腾细沙。风吹树影落飞花。

迎头硕果灿如霞。

大漠高原添秀色，小桥流水傍人家。

天山处处润芳华。

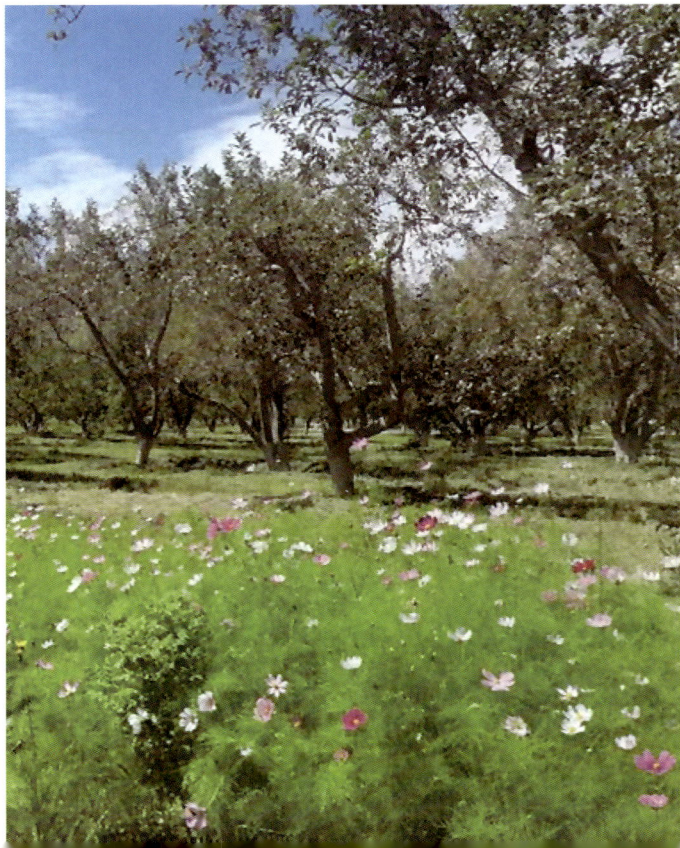

（十三）浣溪沙·色帕巴依杏花乡

磅礴河涛拍岸边。婆娑杏影染村烟。

泉流细语鸟闲翩。

天上猎鹰驱雀散，毡前牧犬枕羊眠。

孩童羡杏过山巅。

（十四）瑞鹧鸪·库兰萨日克沙棘林

不厌贫寒艳满枝，岂嗔日月怨春迟。

漫沙卷土容无失，荆棘犹披灵秀衣。

世上炎凉风雨雪，难言辛苦待天知。

落花未必春心老，串串红颜林入诗。

（十五）七绝·赛马场

碧草黄沙日渐高，

伏槽骤起怒风号。

银蹄踏得夕阳碎，

一骑红尘夺羽旄。

家国

人文

景物

乡思

歌颂

（十六）五绝·吉鲁苏温泉

塞外温泉水，

诗仙几度游？

同蒸天上月，

想解异乡愁。

（十七）秋蕊香·吾曲古城遗址

吾曲曾经城阙。古道凄风声咽。

功名成败群雄没。丘垄断垣残缺。

轮回自在苍天设。烽烟灭。

西边大漠沙如雪。日落夕霞如血。

家国

人文

景物

乡思

歌颂

（十八）七绝·科尔更古城堡

西边古邑半遗尘，

乱石残垣伴草薪。

万事幽幽皆已去，

曾经过往是何人？

家国

人文

景物

乡思

歌颂

（十九）七律·巴勒根迪古炮台

天山风雨已苍茫，古炮台前血染霜。

烽火羽书寻旧迹，刀光剑影化残阳。

一抔黄土埋忠骨，两缕青烟慰国殇。

要塞横川如铁锁，雄关漫道胜金汤。

家国

人文

景物

乡思

歌颂

（二十）七绝·别迭里烽燧

残垣断壁掩狼烟，

古日沙场已境迁。

但醒长安无战事，

心无烈火圆难全。

家国 人文 景物 乡思 歌颂

（二十一）七绝·古墓（二首）

其一，斯尔尕克将军墓

大漠苍茫石墓横，

将军虽死气犹峥。

白杨瑟瑟西风里，

似慑雷霆叱咤声。

家国

人文

景物

乡思

歌颂

其二，古墓群

古墓新围葬故人，

往来恭敬却无亲。

荒烟大漠寥星火，

陪伴青松也作薪。

（二十二）石门奇石塬

定是神仙赐大观，

一门百仞峙流湍。

雄关古道驼声远，

塬上但留怪石磐。

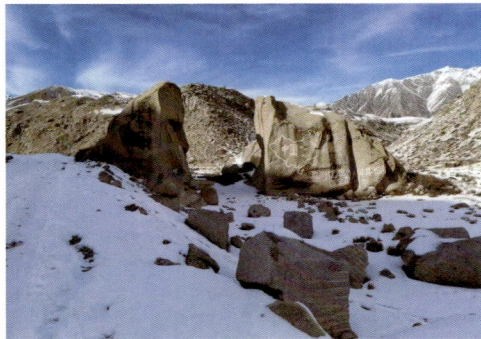

家国

人文

景物

乡思

歌颂

（二十三）七绝·古岩画

葱岭幽岩鸟兽真，

不知画者是何人。

后人难解其中意，

逐鹿飞鹰也作神。

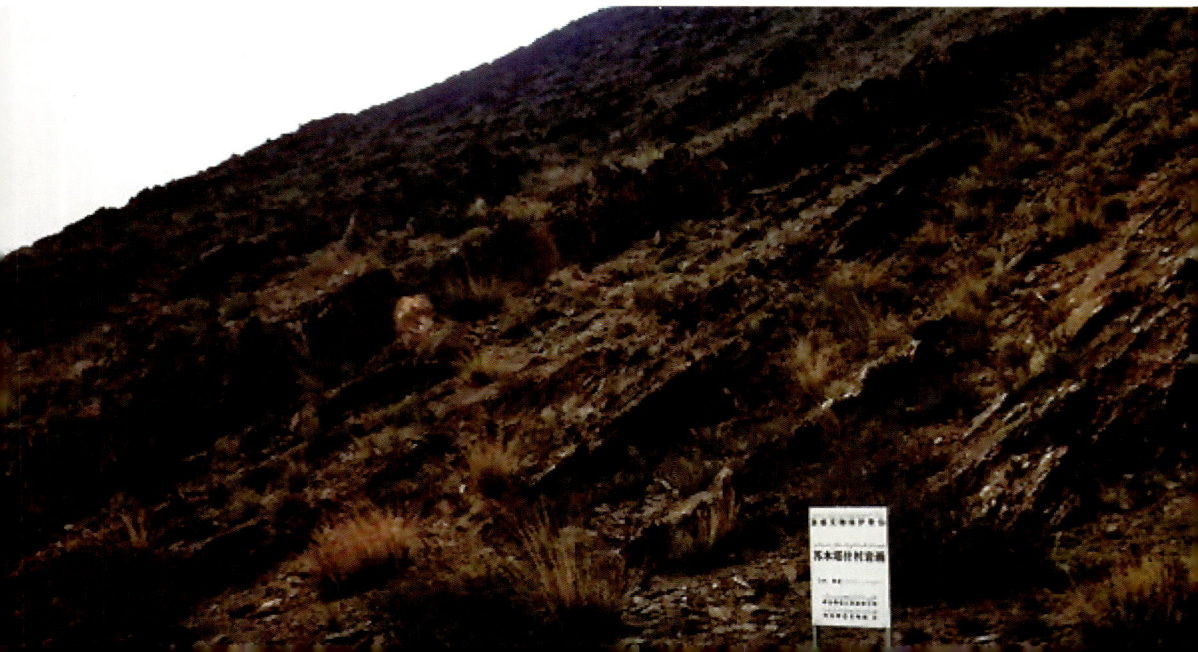

家国　人文　景物　乡思　歌颂

（二十四）七绝·国道 G219

天生景色峻山崇，

黄土青坡与水融。

自古边关多绮路，

志存高远半疆通。

家国

人文

景物

乡思

歌颂

七绝·边疆诗画（八首）

（一）独库公路

龙池蛟勇出天山，

春去冬来一日间。

欲览大疆南北景，

人生如过万重关。

（二）果子沟大桥

山川层出万千崇，

沟壑横流架长弓。

放眼白云迎面绿，

如行天马草塬中。

（三）赛里木湖

四面环山一片天，

从来圣水择高悬。

清风明镜云留影，

岂惹西洋抚泪弦？

（四）那拉提

踏马为寻牧草萋，

却闻蜂女故沉迷。

喜听远近人心景，

不用扬鞭自奋蹄。

家国

人文

景物

乡思

歌颂

（五）喀纳斯

一川碧水夕阳斜，

两岸青山暮霭遮。

白岭蓝湾湖圣佑，

可汗谁为折黄花？

（六）禾木山庄

潺潺流水伴人家，

袅袅炊烟化晚霞。

夜宿柴门闻犬吠，

似听久客怨胡笳。

家国

人文

景物

乡思

歌颂

（七）龟兹故国

丝路沧桑乐舞悠，

残垣烽火记沉浮。

平生看尽山千万，

不及龟兹一只瓯。

（八）阿图什天门

雄山圣水奉天门，

紫阙幽宏享世尊。

行者西游朝拜地，

仙凡无界有乾坤。

家国

人文

景物

乡思

歌颂

五绝·疆行组诗（六首）

（一）避暑毡栈

白水起冰川，

青山拄皓天。

登高由古栈，

消暑在胡毡。

（二）克孜尔石窟

梵洞度神仙，

图腾著素笺。

西游千万里，

教化入胡天。

家国

人文

景物

乡思

歌颂

（三）巴音布鲁克

九曲似龙蟠，

云天更泛澜。

东归何处去？

芳草碍征鞍。

家国

人文

景物

乡思

歌颂

（四）克拉玛依

铁臂摘辰星，

烟光扑蛰萤。

风高流韵远，

月黑走雷霆。

家国

人文

景物

乡思

歌颂

（五）塔城

景生油画笔，

誉响手风琴。

西北边城地，

欧风若比骏。

（六）小白杨哨所

边关日月长，

风雪砺沧桑。

蓬勃能征战，

江山有栋梁。

家国

人文

景物

乡思

歌颂

五绝·胡杨（五首）

（一）

遥观陌上桑，

近却遍胡杨。

玉露燃秋火，

金天漫地黄。

（二）

婆娑树影黄，

萧瑟惹人伤。

却爱秋颜色，

偏偏此处彰。

家国

人文

景物

乡思

歌颂

（三）

千年日月光，

活着已沧桑。

不朽虬枝立，

雄心铁骨张。

家国 人文 景物 乡思 歌颂

（四）

风沙九月狂，

古道半苍茫。

西固千秋业，

胡桐一栋梁。

家国

人文

景
物

乡思

歌颂

（五）

关山岁月长，

寒暑饮苍凉。

学习胡杨树，

不辞赴远方。

胡杨，又称胡桐，能耐受荒漠干旱多变的恶劣气候和盐碱地质，主要作用是防风固沙、改善水土。千百年来，胡杨毅然扎根边关大漠，守望着风沙，有"活了一千年不死，死了一千年不倒，倒了一千年不朽"的说法。

家国

人文

景物

乡思

歌颂

五绝·格桑花（三首）

（一）

原上格桑花，

高山映落霞。

奋蹄千里路，

热血在天涯。

（二）

雪域谒芳踪，

青稞醉意浓。

格桑梅朵艳，

艰苦也从容。

家国

人文

景物

乡思

歌颂

家国

人文

景物

乡思

歌颂

（三）

大漠易伤春，

格桑献此身。

落花东逝水，

怜取眼前人。

家国

人文

景物

乡思

歌颂

七绝·西域纪"柿"（四首）

（一）

塞山满树挂灯笼，

不枉平生灿烂浓。

纵是孤心曾寂寞，

兰摧玉折也从容。

（二）

丹心一片傲苍穹，

尽染寒晖比日红。

叶落归根鸿已去，

先生驾鹤笑西风。

（三）

渐近归乡值岁丰，

一抔柿饼奉邻翁。

斯人已逝高山远，

醉墨西天梦想中。

（四）

最是关山柿子红，

故人西去却匆匆。

上苍有眼天灯祭，

明月高悬大漠弓。

家国 人文 景物 乡思 歌颂

七绝·石榴红（四首）

（一）

犹念江南春色早，

正观塞上晚来红。

几多凋谢先时艳，

俏不凌人与世躬。

（二）

春花殆尽见深红，

终借东风最晚隆。

万物兴衰皆有理，

人间正道自然中。

家国

人文

景物

乡思

歌颂

家国

人文

景物

乡思

歌颂

（三）

一花独放万千丛，

如比昭君艳态红。

草木犹知西月冷，

明妃大义古今同。

（四）

一生灿烂满枝红，

烈火金绡万绿崇。

花孕团圆尤抱紧，

丹心赤子最由衷。

家国

人文

景物

乡思

歌颂

五绝·杏花（四首）

（一）

漫漫沙风冷，

凄凄草木黄。

皑皑葱岭雪，

郁郁杏花香。

（二）

远眺千山白，

如云似雪翻。

又来云雨雪，

却入杏花村。

家国

人文

景物

乡思

歌颂

（三）

天边还作雪，

地上杏花柔。

一阵风吹过，

残红落满头。

（四）

马步昨天雪，

风随入夜阑。

春归芳草远，

不解杏花寒。

家国

人文

景物

乡思

歌颂

七绝·沙棘（新韵）

雪域高原物异奇，

风尘漠漠毓沙棘。

针芒如剑照霜月，

不怨贫寒红满枝。

七绝·西边残荷

今对苍天唯有骨，

昨浮碧水岂无香。

风摇瘦影凄寒水，

月照初心忆洛阳。

家国 人文 景物 乡思 歌颂

家国

人文

景物

乡思

歌颂

五绝·胡蒜（四首）

（一）

缘牵玉瓣偎，

惜别雪莲开。

种下黄芽子，

方圆尽绿苔。

（二）

味烈化膻荤，

香馨御疟蚊。

本生葱岭草，

引种属骞勋。

家国

人文

景物

乡思

歌颂

（三）

环肥裹羽巾，

团结一家亲。

守望擎天柱，

冰心不染尘。

家国

人文

景物

乡思

歌颂

（四）

山色映斜阳，

柴门蒜辫长。

炊烟随暮起，

十里沐辛香。

胡蒜，俗称大蒜。相传汉代张骞出使西域时带回中原。

乡思

露从今夜白
月是故乡明

【IV】

乡思

家国

人文

景物

乡思

歌颂

五绝·遥想江南桂花香（四首）

（一）

江南晚桂芳，

塞外雪苍茫。

万里同天月，

何曾是两乡。

（二）

西边历肃霜，

萧索映苍黄。

天地寒无色，

东来万里香。

家国

人文

景物

乡思

歌颂

（三）

大漠晚烟苍，

流连暮月光。

离愁思桂酒，

寒冽侑椒浆。

（四）

雪莲已素妆，

丹桂正金黄。

云雨花开落，

皆为节序彰。

家国

人文

景物

乡思

歌颂

鹧鸪天·乡情（三首）

（一）离乡

万里河山一线牵，东西日月照同天。

东南虽好梦中泣，西北不宁戈上眠。

天久远，地方圆，离乡背井赴戎关。

稳西固北边疆定，经略东南天下安。

（二）思乡

去岁辞行久别离，故乡虽远总相依。

东风美好成追忆，西域风华方正时。

情未了，志难移，长空对月最相思。

人生有酒须当醉，踏雪边关不畏凄。

家国

人文

景物

乡思

歌颂

（三）还乡

万里苍茫望眼穿，乡思尤恨漫长天。

饮冰卧雪沙风冷，对酒当歌月色寒。

年半百，鬓全斑，廉颇同感暮时艰。

敬恭桑梓归心起，窃恐相逢是梦还。

家国

人文

景物

乡思

歌颂

五绝·塞外七夕怀想（四首）

（一）

兰秋满月悬，

塞外弄桑田。

织女丝流水，

牵牛作锦篇。

（二）

大漠月同圆，

星河万里连。

鹊桥情义筑，

仙宿会长天。

家国
人文
景物
乡思
歌颂

（三）

羁栖入塞毡，

白露朔风缠。

织女牛郎笑，

山羊伴我眠。

（四）

银汉浩如烟，

双星耀九天。

昆仑观五岳，

四海共婵娟。

家国 人文 景物 乡思 歌颂

塞外中秋组诗（四首）

（一）醉花阴·庆双节

馨风美酒丹桂酟，团扇高风衬。

天下共婵娟，璧合珠联，师道恩情润。

羔羊跪乳归桑梓，须自强勤奋。

薪火待相传，桃李成蹊，百尺竿头进。

2022 年，中秋节、教师节双节同至。

（二）五律·秋思

羁旅塞关外，乡思满落霞。

风秋山有色，露白树无花。

鸿雁朝南远，苍鹰向北斜。

今时同月夕，你我又天涯。

家国

人文

景物

乡思

歌颂

（三）七绝·思归

明月边关照客身，

万山不阻欲归人。

冰心自有苍天眷，

叶雨缤纷为洗尘。

（四）五绝·塞月

大漠莽霜烟，

孤杯对月仙。

敬之离别愿，

天下好团圆。

家国 人文 景物 乡思 歌颂

家国

人文

景物

乡思

歌颂

五绝·冬至乡思（二首）

（一）

山前沙似雪，

地上月如霜。

塞外听胡曲，

天边望故乡。

（二）

大雪随冬至，

灯寒影伴身。

故乡今夜里，

应念远行人。

家国

人文

景物

乡思

歌颂

七绝·塞外逢友人（三首）

（一）

正逢杨柳待春风，

却忆寒窗岁月匆。

一片冰心藏不住，

西边万里与君同。

家国

人文

景物

乡思

歌颂

（二）

塞外春寒似暮秋，

西天弯月照离愁。

云心鹤性乘风去，

又卷银沙上白头。

家国

人文

景物

乡思

歌颂

（三）

相见无言往事悠，

衷肠难诉意君留。

风尘不解乡愁路，

目送天边未尽头。

五绝·仲秋忆江南（二首）

（一）

明月照天山，

乡思梦笑颜。

长风行万里，

逐浪太湖湾。

家国

人文

景物

乡思

歌颂

（二）

毡幕入风声，

霜花耀马惊。

边秋孤月冷，

何似故乡明。

歌颂

琵琶起舞换新声
总是关山旧别情

【V】

歌颂

阿合奇之歌

李桂林 词
吴小平 曲

1=♭E 3/4 ♩=150

自由地

(ⵣ 3 6 7 i 7i 7i 76 3 - | 2 3 4 3 2 3 4 3 4 6 7i76 7 - | 3/4 7. i 2 3 2 i | 7. i 76 76

4 - - | 6 - - | 7. i 2 3 2 i | 7. i 76 76 4 - - | 3 - -

2 6 2 3 4 | 4 3 4 6 7 | 3 - 2 | 7 - 1 | 6 - - | 6 - -)

4. 3 4 6 | 3 - - | 4 4 3 4 6 | 3 - - | 2 - 3 | 2 6 1
天 山 南 麓, 羊 群 连 着 无 尽 苍
戈 壁 雪 域, 猎 鹰 掠 过 湛 蓝 天

7 - - | 7 - - | 4 4 3 4 6 | 3 - - | 4 4 3 4 6 | 3 - -
穹, 库 姆 孜 悠 悠, 托 什 干 河 流
空, 虔 诚 地 仰 望, 才 知 道 宇 宙

2 - 3 | 1 7 6 | 3 - - | 3 - - | 6. 6 6 7 | i -
水 长。 马 蹄 声 脆
洪 荒。

6 - 6 7 | i - - | 7 7 7 6 | 2. 2 5 6 | 5 - - | 5 - -
驼 铃 响, 那 是 一 个 高 原 民 族,

2 2 2 3 | 1 1 7 6 | 3 - - | 3 - - | 2 2 2 3 | 1 1 7 1
在 山 顶 上 世 代 奔 忙, 在 山 顶 上 世 代 奔

6 - - | 6 - - | 6 - - | 6 - - | i. 3 7 i | 6 -
忙。 啊! 阿 合 奇

i. 3 7 i | 6 - - | 2. 2 6 | 6 - - | 2 2 6 | 6 -
柯 尔 克 孜, 塞 上 江 南 西 域 传 奇,

家国

人文

景物

乡思

歌颂

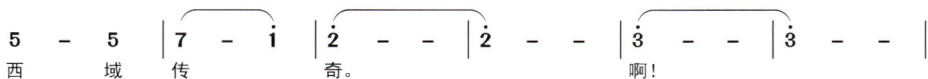

5 - 5 | 7 - 1̇ | 2̇ - - 2̇ | - - 3̇ | - - 3̇ - |

西　域　传　　奇。　　　　　　啊！

1̇. 3̇ 7 1̇ | 6 - - | 1̇. 3̇ 7 1̇ | 6 - - | 2̇ 2̇2̇6 | 6 - - |

玛　纳　斯，　　千　年　传　唱，　　神　奇　的　土　地，

2̇ 2̇2̇6 | 6 - - | 5̇. 5̇7 | 7 - - | 5̇. 5̇7 | 7 - - |

英　雄　的　故　乡，　　大　漠　淘　沙，　　披　荆　斩　棘，

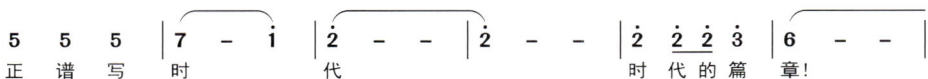

5̇ 5̇ 5̇ | 7 - 1̇ | 2̇ - - 2̇ | - - 2̇ | 2̇ 2̇ 3̇ | 6̇ - - |

正　谱　写　时　代　　　　时　代　的　篇　章！

6̇ - - | (2̇ - 6 4̇ 3̇ 2̇ | 3̇ - - 3̇ | - - 2̇ - 6 |

哈

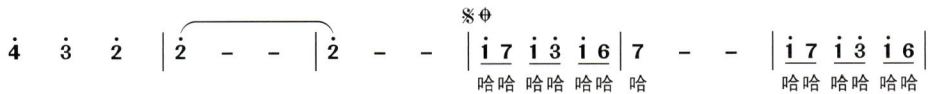

4̇ 3̇ 2̇ | 2̇ - - 2̇ | - - | 1̇7̇1̇3̇ 1̇6 7 | - - 1̇7̇1̇3̇ 1̇6 |

哈哈 哈哈 哈哈 哈　　　哈哈 哈哈 哈哈

3̇ - - | 2̇ 3̇ 4̇ | 6̇ 4̇ 6̇ | 7̇. 6̇ 7̇ 1̇ | 2̇ - - 2̇ | - - |

哈　　啊！　　哈　哈　哈　哈　哈

自由地

2̇ 0 0 | ⅟ 3̇ 1̇ 2̇ 6̇ 1̇ 6̇ 7̇ 4̇ | 3̇4̇3̇2̇ 3̇ - | 2̇ 3̇ 4̇ 6̇ 4̇ 6̇ 7̇ 6̇ 7̇ 1̇ 7̇ 1̇ 3̈ - |

哈　哈　哈　哈　哈　哈　哈　哈　啊！　　啊！

原速

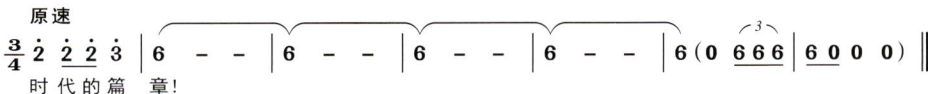

3/4 2̇ 2̇ 2̇ 3̇ | 6̇ - - 6̇ | - - 6̇ | - - 6̇ | - - | 6̇ (0 6̇ 6̇ 6̇ | 6̇ 0 0 0) ‖

时　代　的　篇　章！

家国　人文　景物　乡思　歌颂

阿合奇旅情

李桂林 词
虎卫东 曲

1=♭B　4/4

猎鹰飞过神奇的　帕米尔高原
托什干河流淌着　一世的情缘

圣洁的雪莲盛开在　天山之巅　从
英雄玛纳斯诗篇里　传唱千年　从

太湖之岸　万里奔赴　你的身边
秀美江南　万里奔赴　你的身边

山河虽远　我和你　心手相牵
一路风烟　是我对你　深情的眷恋

不为大漠孤烟　不为戈壁无边
不为长河落日　不为秋水长天

只为有天地之间　和你策马扬鞭　我
只为在山水之间　和你一曲流连

义无反顾向前　为了那美好的一天

任风霜雪雨　心念如磐　有朝梦圆

让那醉人的旋律　悠扬了库姆孜的弦

任路途坎坷　不畏艰险　心生勇敢

家国
人文
景物
乡思
歌颂

柿树老了，柿子红了

李桂林 词
肖斯塔 曲

1=♭D 4/4

家乡的柿树 老了　　　满目沧桑的枝丫

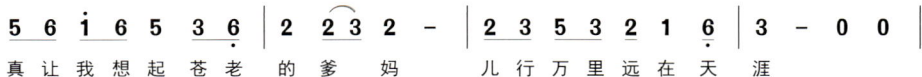

真让我想起苍老的爹妈　　儿行万里远在天涯

虽然母子心连 心　　　妈妈眼含着泪花

孩儿却经常不给您电话　　妈妈您已满头白发

反复时转1=♭E

家乡的柿子红了　　　我已像柿子一样长 大了

刚中不见柔却 也不再青涩啦　　好男儿就该四海为 家

如今我依然 是 我　　　没有柿子 红呀

相信孩儿活得 还像话　　妈妈您已两鬓霜花

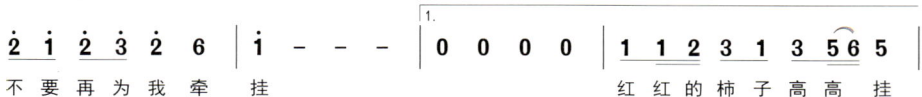

不要再为我牵挂　　　　　　红红的柿子高高挂

家国 人文 景物 乡思 **歌颂**

```
6 5 5 3  3 2 2 1 2 1 2 5 3 | 6 6 1  2 2 3 5 5  5 6 3 5 3 | 2 0 5 3 2 0 1 6 |
```
那是妈妈打的灯笼让我好回家 我的思念飘到篱笆墙 下听到 了 乡土话 吃到

```
转 1=♭E
1 2 3 6 5 -  | 2/4 0 0 :‖ 4/4 2 1 2 3 2 6 | 1 - - - | 0 0 0 0 |
```
了柿饼疙瘩   不要再为我牵 挂

```
5 5. 6 3 | 6 2 2 - - | 2 3 3 5 - | X X 0 0 0 |
```
虽然 柿树 老了   爸妈 也 老了

```
5 6 1 6 5 3 5 | 6 2 2 0 0 | 2 3 5 3 2 6 | 1 - 0 0 |
```
但我知道在你们 心里   我们都是涩涩 的，

```
2 3 5 3 2 - | 2 3 5 - 1 6 | 2 1 - - - ‖
```
或是软软的，   永远都 长 不 大。

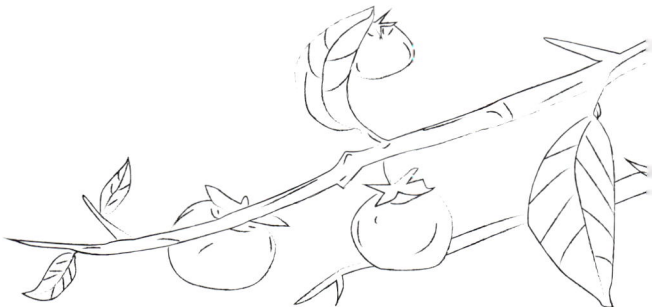

跋

此时此刻，诗画成书，我已热泪盈眶。

引用诗人艾青的诗句：为什么我的眼里常含泪水，因为我对这土地爱得深沉。

此时此刻，太多的想念，太多的忘不了，太多的说不完的话。我最想说的还是感谢！

感谢组织的信任和培养，让我有机会踏上这片神奇的土地，给了我选择万里奔赴、毅然前行的勇气。

感谢阿合奇县委一班人，感谢我的老班长，感谢对我言传身教、推心置腹、真心关爱、信任放手；感谢并肩战斗的战友，感谢给我指路牵引、携手相扶，让我在这片陌生的土地上能够行稳立正走好。

感谢援疆前方指挥部指挥长、工作组组长，在维稳戍边的最前沿，我们一起守望相助、同舟共济，你们的指导引领、关心帮助，给我温暖，给我方向。

感谢我的大后方，感谢无锡高新区（新吴区）及相关部门、社会各界朋友们关心我、支持我、牵挂我，给了我无穷的力量。这里要特别感谢王进健、蒋敏、崔荣国、封晓春、章金伟等领导同志，他们在我援疆三年多时间里，作为区党政主要负责同志从大局出发又心细入微，给了我太多的关心支持。我虽身在远方，但心中有光。

感谢和我一起背井离乡、爬冰卧雪的援友们，感谢你们与我一起想、一块干，一起仰望星空、一起脚踩泥土，驼峰马背、牛棚羊圈、山间地头，留下了我们的身影和足迹，我们结下了深厚的援疆情、战友情。

感谢历任援疆前辈们，援疆是"大熔炉"，是"练兵场"，是"磨刀石"，一茬接一茬，援疆精神永存，并一直感染着我。真有幸跟曾经援疆的领导一起共事，在我援疆时他们念兹在兹，对我也关怀倍至。

感谢一直扎根边疆、奉献边疆的人们，你们的真诚质朴、真情奉献给我留下了深刻的印象，也是我学习的榜样，你们为稳疆治疆献青春献终生，你们的血汗长留天山间，你们刚毅如山、虚怀若谷，你们对我的情，永远萦绕在我心头。

感谢我的家人，家是什么？家是父母对儿子的牵挂，是孩子对父亲的牵挂，是妻子对丈夫的牵挂，有了家的港湾，游子才安心远航。

感谢戴锡生、苏云地克·马克来克、顾守荣、买买提艾沙·托合提巴依、赫永进、贾国祥、史新礼、苏来汗·米吉提、木沙别克·阿不都拉衣、肉孜汗·托合托孙、万文玉、沙起山、张文彬、李婷婷、刘金花、桑雨、赵金华、顾光明、韩聪、李杨成、朱学文、王胜宏、史超、叶昌文、赖明、刘磊、秦向军、罗志峰、朱友群、张志强、张雷波、颜科、姚亮、刘成涛、郑守信、袁媛、周帅、赵世军、杨爱民、牛海宝、肖伟、杨龙、冷波、张敬远、张楠、阿地利·阿不都拉木提、姚达希·托胡托胡力、史巧玲、孙涛、苏俊、祁璐、戴佐成、王莉、袁世栋、李恩普、高文杰、袁世庭、贾尔肯娜依·阿不都热苏力、张淑娟、刘秀良、李尚刚、李宁、阿力木江·阿布都克力木、托合那力·吐逊那力、李雪丽、郭欢、刘珊、史天波、许佳佳、乌兰别克、欧政虎、牛海、徐勋杰、罗洪亮、武警、徐均、张昉、林森、胡阔、王勇、王溢、朱宏军、彭军、曹凤增、紫衣等等，挂一漏万，感谢你们不吝赐予了精美的图片，尤其感谢罗志峰、朱友群为摄影及后期制作的至多付出，感谢周敏炜、王作才、魏多、常新生、吴胜荣、黄胜平同志也赐予了很多鼓励和灼见，本书才得以付梓。

这里特别感谢中央组织部办公厅原副主任、曾任全国援疆干部总领队的张明平同志为本书欣然作序，拙诗为之生辉。

最后还要感谢作家出版社，克孜勒苏州委宣传部、教育工委及州文旅局、文联，无锡市文联、诗词协会、经济学会及无锡高新区研究院给予的悉心指导、倾情勉励，特别是诗词协会袁宗翰先生的褒奖溢美之词让我既难为情，又甚为感动。

此情，哪怕来日方长，此生定不负。

三年以前，未曾写过诗词，一切源于边疆大地的激发。我愿像戈壁荒漠裸露自己的灵魂一般，捧出一颗心来。这是我发自内心的吟唱，如有共鸣者，恳切希望你们热情斧正。

作者

2023 年 5 月 9 日

图书在版编目（CIP）数据

满疆红 / 李桂林著 . -- 北京：作家出版社，2023. 11

ISBN 978-7-5212-2568-6

Ⅰ . ①满… Ⅱ . ①李… Ⅲ . ①诗集 – 中国 – 当代

Ⅳ . ①I227

中国国家版本馆CIP数据核字（2023）第204854号

满疆红

作　　者：李桂林

责任编辑：丁文梅

装帧设计：无锡仙娜广告传媒有限公司

出版发行：作家出版社有限公司

社　　址：北京农展馆南里10号　　　邮　　编：100125

电话传真：86-10-65067186（发行中心及邮购部）

　　　　　86-10-65004079（总编室）

E-mail:zuojia@zuojia.net.cn

http://www.zuojiachubanshe.com

印　　刷：无锡童文印刷有限公司

成品尺寸：170×230

字　　数：95千

印　　张：21

版　　次：2023年11月第1版

印　　次：2023年11月第1次印刷

ISBN　978-7-5212-2568-6

定　　价：258.00元